PETIT RECUEIL

DE POÉSIES

DESTINÉ A L'ENFANCE

PAR JEAN COIN

ANCIEN INSTITUTEUR

SANCERRE

...ERIE ET LITHOGRAPHIE DE A. AUPETIT.

1878

PETIT RECUEIL

E POÉSIES

DESTINÉ A L'ENFANCE

PAR JEAN COIN

ANCIEN INSTITUTEUR

SANCERRE

IMPRIMERIE ET LITHOGRAPHIE DE A. AUPETIT.

1878

PRÉFACE DÉDICATOIRE

Je veux, mes enfants, en tête de ce modeste petit Recueil, vous dire un mot, un mot seulement. Prêtez-moi attention.

J'ai passé ma vie à faire l'éducation de petits blondins comme vous, mes chéris. Nul mieux que moi ne peut donc connaître vos besoins et vos goûts. Il vous faut, comme aux adultes, quelques lectures récréatives. Un ouvrage long et sérieux vous fatigue et vous ennuie. Je sais cela ; je l'ai appris en vivant avec l'enfance de mon temps que je me suis toujours efforcé d'instruire sans la fatiguer. Aussi ai-je cru devoir, dans votre intérêt, extraire de mes manuscrits poétiques quelques petits morceaux les plus simples, les plus conformes à vos goûts, les mieux à la portée de vos jeunes intelligences, et vous les offrir. Recevez-les, mes enfants ; recevez-les de la main d'un vieil instituteur retraité qui a usé sa vie à instruire la jeunesse et qui veut encore aujourd'hui s'efforcer de lui être utile. Recevez-les et lisez-les souvent. Cette lecture, je n'en doute pas, contribuera à votre bonne éducation. Vous y puiserez des enseignements utiles, des principes de morale et de vertu, choses si précieuses dans la vie humaine et auxquelles il importe de se former dès l'âge le plus tendre.

Je ne vous en dis pas davantage, mes chéris. Je vous offre ma petite brochure et je souhaite qu'elle puisse contribuer à vous rendre heureux.

I

LA LIVRE DE BEURRE

Deux jeunes chats un jour sortirent de bonne heure.
    Sur un vert sentier cheminant,
Ils trouvèrent bientôt une livre de beurre
    Sur l'herbe tombée à l'instant.
C'était pour nos galants une riche trouvaille.
Ce trésor valait bien un rat né dans la paille.
    « La livre à moi ! dit Mistigris ;
Car enfin de nous deux le premier je l'ai vue.
— Avant toi sûrement je l'avais aperçue,
    Lui répond Raminagrobis
    Qui la couvre en tournant la vue. »
Ainsi se disputaient nos deux chats furieux,
En se montrant les dents, en se crachant aux yeux,
    Lorsque, tout à coup moins colère
Et même devenu quelque peu gracieux,
    L'un d'eux dit à son adversaire :
« L'ignorance jamais ne peut que juger mal ;
    Ne nous faisons point trop la guerre ;
Mais, d'un commun accord, devant un tribunal,
    Allons présenter notre affaire.

—Oui, vraiment, répond l'autre en ralongeant son dos :
Soumettons ce litige aux gros juges marauds. »
     La livre alors est emportée
     Devant les juges réunis
     Pour être longtemps discutée
     Avant que les plaids soient finis.
Après longue séance, où chacun dit sa glose,
     Où surtout les deux avocats
Ont, par de beaux discours, pour éclaircir la chose,
     Assez prolongé les débats,
Le grave président, bésicles sur la vue,
D'une main relevant son gros bonnet carré
Et de l'autre ajustant son vêtement fourré,
Annonce au tribunal que justice est rendue.
     « Messieurs, dit-il à nos plaideurs,
     A sa voix l'oreille tendue
     Et sentant fort battre leurs cœurs
     Tant ils ont tous deux l'âme émue,
Avocats et témoins, ayant tout entendu,
Il est bien constaté, décidé, convenu,
     Que chacun a vu
     Le beurre
     A la même heure ;
Disons mieux : Au même instant,
     Chemin faisant.
     En conséquence,
Selon coutume et loi, telle est votre sentence :
     Le parquet a jugé
Que ce beurre entre vous doit être partagé ;
     Mais, (j'en suis affligé)

Votre livre, trop molle, ou plutôt trop menue,
Est, pendant les débats, entre nos mains fondue.
Toutefois, même gain vous donne le procès,
            Mêmes étant vos causes.
Ensemble vous allez partager tous les frais.
            Soldez bien toutes choses.
Pour n'être point ingrats, remerciez vos gens ;
Et puis chacun chez vous retirez-vous contents. »

Ah ! que souvent ainsi finit la procédure !
Les mains pleines chez soi l'on revient rarement,
Avec ces fins matois qu'on paye outre mesure.
Laisser rouiller leur plume est agir sagement.

II

LE RENARD, L'AIGLE & LE CHASSEUR

Malin est le renard ; pourtant, il se fait prendre.
De l'aigle certain jour voyant l'aile s'étendre
            Pour prendre son essor
            Vers l'astre aux rayons d'or,
Il l'aborde, et lui dit dans son courtois langage :
« Sire, roi des oiseaux, que j'aime ton plumage !
On le vante beaucoup, à la ville, au village ;

Et ce n'est point à tort.
On te dit aussi fort :
On parle de ton bec, de ton aile, ta serre,
De ton ascension au sein de l'atmosphère,
Où ton front, quelquefois, voisin d'une autre sphère,
Des cieux touche le bord.
Moi je suis fort aussi ; même quelque peu leste.
Nous allons, si tu veux, nous essayer, du reste.
Nous prendrons pour témoin ce chasseur que voilà
Qui passe sur la route.
En bons amis, sans doute,
Ici sur le terrain la lutte se fera.
Je suis jeune, et parfois j'aime à faire la joute.
Laisse-moi te passer mon bras autour du col,
Et voyons qui des deux tombera sur le sol.
Ne lève point la tête. »
L'aigle ne disait mot ; mais n'en pensait pas moins.
Du renard observant l'attitude, les soins,
A saisir il s'apprête.
Sous prétexte de joute, en l'air il fait un bond,
De sa serre et son bec vous le prend tout au long
Et l'emporte en vainqueur sous son aile battante.
Du fusil à l'instant s'échappe la détente,
Et les deux combattants tombent près du chasseur.
Dans ses piéges souvent se voit pris le trompeur !

III

LE NID D'OISEAUX

—

Un vieillard dans l'aisance avait fils, fille et gendre.
De sa chère famille il était adoré.
Chacun le caressait; lui voulait faire entendre
Qu'à son âge il convient de vivre retiré.
« Entre nous, bon papa, partagez la fortune,
Lui disaient ses enfants ; et chez nous demeurez ;
Pour vous plus de souci ; plus de fatigue aucune ;
Faites cet abandon ; plus heureux vous serez. »
        Ce bon vieillard, peu confiant,
        Sans préambule et sans prologue,
        Leur raconte cet apologue,
        Qui fait sa réponse d'autant :
« Deux oiseaux, leur dit-il, couple heureux du village,
        Sur l'un des arbres du verger,
Non loin de ma fenêtre et sous l'épais feuillage,
        Font un rond nid pour se loger.
            La chambrette achevée,
            La mère pond ses œufs ;
            Et la chaude couvée
            Sous l'aile éclôt au mieux.

Notre jeune nitée a bientôt le plumage.
Je la fais prisonnière et dehors mets la cage.
    A travers les minces barreaux,
    Le couple empressé, non sans peine,
    De temps en temps, à ses jumeaux,
    Tend la chenille ou bien la graine.
Près de cette prison certain piége est tendu.
    Bientôt s'y prend la mère ;
    Puis ensuite le père.
Alors le piége-cage à l'arbre est suspendu.
Des nouveaux sequestrés je lâche la famille
Qui peut chercher sa graine ainsi que sa chenille
Et rendre à ses parents ce qu'elle en a reçu.
    Mais le bon couple dans la cage,
    Non moins affamé qu'ennuyé,
    Pour déjeuner fait peste et rage ;
    Des enfants il est oublié.
Je trouve, ajoute-t-il, la leçon juste et bonne,
    Et pour moi-même je la prends ;
Je garde ce qu'on veut qu'aux autres j'abandonne,
    Et bien faire ainsi je prétends. »

IV

LA FOURMI

—

Souvent dans tes labeurs je t'observe et t'admire,
Courageuse fourmi dont la barque chavire
Heurtée au brin d'herbe en passant.
Sans cesse trébuchant, tombant dans le voyage,
Sans plainte, sans repos, ou chargée, ou sans charge,
Tu vas, reviens, toujours courant.

Une mince bûchette en route ramassée
Pour ta force est un chêne. Une sœur, empressée,
Vient te prêter aide et secours.
De concert vous tirez pour que le fardeau suive ;
Et toujours à bon port l'énorme poutre arrive,
Après cent chutes et détours.

Par maints sentiers connus voyage la famille :
L'une apporte un brin d'herbe, une autre une chenille,
Une aile de mouche, un cousin.
Sous l'astre des beaux jours, commune dans la chose,
Dès l'aurore au travail et jusqu'à la nuit close,
Toutes on porte au magasin ;

Et lorsqu'en nous givrant l'âpre bise soupire,
Dans le foyer commun toutes on se retire
    Et jouit des biens amassés ;
Et l'homme, et l'homme oisif au temps où la nature
Travaille, se pourvoit d'abri, de nourriture,
    Au champ souffle en ses doigts glacés.

Viens, mortel paresseux quand le devoir t'appelle ;
Contemple la fourmi. Peut-être que, comme elle,
    Aux beaux jours tu travailleras ;
Et quand de ses frimas Janvier couvre la terre,
Comme elle, retiré dans ton humble chaumière,
    En paix tu te reposeras.

Viens, vois, médite un peu dans cette œuvre commune
Sur l'entente et l'accord, où toutes on n'est qu'une.
    Tant d'ordre touchera ton cœur,
Et peut-être qu'instruit par la bête rampante,
A ta qualité d'homme, à ton âme pensante,
    Tu sauras faire plus d'honneur.

Viens, viens ; ne rougis pas ; viens t'instruire à l'école
De cet être d'un jour, sans force, sans parole,
    Qui peut à peine se mouvoir ;
Et qui, pourtant, nous montre, en sa noble carrière,
En montant en commun l'énorme fourmillière,
    Qu'union est force et pouvoir ;

Qu'un rien fait chaque jour dans une œuvre entreprise,
Quand volonté du cœur au devoir est soumise,
    De l'ouvrage soutient le cours ;
Et qu'enfin cette tâche aussi rude qu'immense,
Qui semblait impossible, avec persévérance
    On conduit à sa fin toujours.

———

V

LE ROSSIGNOL

—

Doux chantre que bénit, qu'adore la nature,
    Présage du bonheur,
Parmi nous je te vois quand renaît la verdure,
    Et joyeux est mon cœur.
Que de pleurs j'ai versés pendant ta longue absence,
    Sur ces mornes coteaux !
Je n'avais, pour calmer mon amère souffrance,
    Que hiboux et corbeaux.
Mais pourquoi t'éloigner de nos petits bocages
    Pendant ces deux saisons ?
Pourquoi ne pas toujours, autour de nos villages,
    Étaler tes chansons ?

Ah ! que ta voix joyeuse enchante nos oreilles
Aux beaux jours du printemps !
Que tes concerts divins, que tes tendres merveilles,
Doux rendent nos instants !
Mais comme un pèlerin il faut que tu voyages
En chantant les amours.
D'un vol mystérieux, va, porte tes ramages
Où sont de plus beaux jours.
Va. Quand tu reviendras, errante Philomèle,
Autour de mon hameau,
Si je suis mort d'ennui, que ta chanson nouvelle
Résonne à mon tombeau !

VI

LE PRINTEMPS

Enfin, la nature engourdie
Se réveille dans ces beaux jours.
Phébus allonge, hausse son cours,
Et verse à tout être la vie.

Adieu frimas, adieu glaçons,
Adieu bise aux pointes aiguës
Qui nous couvrais de froides nues
Et nous saisissais de frissons.

Le laboureur est dans la plaine,
Le vigneron sur le coteau ;
La bergère avec son troupeau
Sur le vert gazon se promène.

Tout bénit du nouveau printemps
La douceur longtemps désirée.
De Dieu la puissance adorée
De richesses couvre nos champs.

Joyeuse arrivant, l'hirondelle,
Fidèle à d'immuables lois,
Suspend son rond nid à nos toits,
Qu'elle bat des coups de son aile.

Philomèle aussi de retour,
Modulant son brillant ramage,
A demi cachée au bocage
Chante la douceur et l'amour.

VII

L'HIRONDELLE

—

Te voici donc enfin, voyageuse hirondelle,
    Que guident d'immuables lois.
Avec art, avec goût, en agitant ton aile,
    Tu suspends ton nid à nos toits.
Sans équerre, sans plomb, de belle architecture
    Tu décores ton rond palais.
Ta couvée y grandit à l'abri de l'injure
    Du milan et des temps mauvais.
Bientôt, autour du nid, ta joyeuse famille
    Apprend à voler sur tes pas ;
Ensuite, dans les airs, gracieuse et gentille,
    S'élance en gazouillant tout bas.
Lorsque d'épais frimas se va couvrir la terre,
    En troupes prenant ton essor,
Au loin tu voleras à travers l'atmosphère,
    D'où nous te reverrons encor.

Oui, dès que renaîtront les douceurs printanières,
    A nos foyers tu reviendras.
Aux créneaux du palais, aux tuyaux des chaumières,
    Ton rond nid tu reconstruiras.
Qui t'apprend à quitter, au souffle de Borée,
    Les lieux où tu reçus le jour?
Qui dirige ton vol, de contrée en contrée,
    A ton départ, à ton retour ?
Ah ! c'est le Dieu puissant qui règle toute chose,
    Et guide l'abeille en nos champs ;
Qui fait dans nos jardins épanouir la rose
    Aux rayons dorés du printemps.

VIII

L'ABEILLE

—

Abeille intelligente autant que courageuse,
Qui vois l'homme fouler la plume moelleuse
    D'un lit à grands frais apprêté
Quand de l'astre du jour, au tiers de sa carrière,
Le rayon lumineux frappe sa couche altière,
    Que j'aime ton activité !

Dès que vers l'orient l'aurore étincelante
Colore l'horizon de sa pourpre éclatante,
    En dissipant l'ombre des nuits
Et lançant dans les airs ses gerbes de lumière,
Dans nos prés je te vois, admirable ouvrière,
    Autour des sentiers que je suis.

Tu voles sur les fleurs objets de tes délices,
Et tu plonges ta trompe au fond de leurs calices,
    En tires un suc savoureux,
Te charges de butin, et, d'une aile légère,
Tu reviens en sifflant auprès de la chaumière
    Faire ton gâteau précieux.

Et c'est là que surtout j'admire ton adresse ;
C'est là que de tes lois éclate la sagesse,
          Petit insecte intelligent,
Qui, dotant les humains du doux fruit de tes peines,
Leur prodigues encore, au chantier, dans les plaines,
          Plus d'un exemple édifiant.

Ta rare activité, jointe à l'économie,
Leur apprend à penser aux besoins de la vie
          Et condamne le paresseux ;
Et l'ordre, et l'ordre enfin au sein de la famille,
Où soumise à la mère est l'humble et tendre fille,
          Leur montre à faire des heureux.

Que j'aime à contempler ta vive république,
Où tout individu, sans plainte, sans réplique,
          Vole au travail dès qu'il fait jour,
Et porte au magasin sa charge d'une abeille ;
Où fatigue et repos, admirable merveille,
          Sont partagés avec amour !

Ta sagesse confond, abeille bienheureuse,
De nos dissensions la source venimeuse
          D'où découlent tous nos malheurs.
Pussions-nous, comme toi, vivre en bonne harmonie,
Comme toi partager, dans le cours de la vie,
          Les fatigues et les douceurs !

IX

LE PAPILLON

—

Heureux fils du printemps, promène-toi, voltige
　　　Sur les feuilles, les fleurs.
Il n'est point de souci qui t'attriste, t'afflige;
　　　Tu n'as que des douceurs.
Jadis, être rampant, te traînant avec peine,
　　　Au jardin, dans les bois,
Ensuite te roulant sous la feuille du chêne,
　　　Prenant forme de pois,
Aujourd'hui dans les airs tu balances ton aile
　　　D'éclatante couleur
En bénissant de Dieu la bonté paternelle
　　　Qui créa ton bonheur.
Et moi je traîne encor l'enveloppe grossière
　　　En de malheureux jours.
Dans cet état hideux, cette affreuse misère,
　　　Ramperai-je toujours ?
Ah ! quand pourrai-je enfin, hors de la chrysalide,
　　　Comme toi radieux,
De larmes de bonheur comme toi l'œil humide,
　　　M'envoler vers les cieux?

X

LE BOUTON DE ROSE

Dans un riant bosquet, je vois, l'âme joyeuse,
Un bouton balancé sur sa tige épineuse
        Par l'aile du zéphyr.
Sous tes pleurs fructueux, étincelante aurore,
Ce rose et frais bouton vient de naître, d'éclore,
        Et c'est pour te bénir.
Par degrés s'échappant de sa bourre grossière,
Ce matin sa corole aperçoit la lumière
        Et va s'épanouir ;
Et l'âpre vent du soir, de sa brûlante haleine,
Affligeant le jardin, le verger et la plaine,
        Va soudain la flétrir.
Ainsi tous nous passons sur cette pauvre terre :
Un instant nous brillons dans la pompe éphémère,
        Et puis il faut mourir !

XI

ÉLÉGIE

Sur la tombe de M. J.-B. LECLÈRE,
d'Aubigny-sur-Nère.

Imposant mausolée où le marbre étincelle,
   Qui donc a mérité
Que pour lui fût construite une tombe si belle
   Qu'orne la piété?
Que fut-il, ce mortel, pour qu'on ait à sa gloire
   Fait ce beau monument?
Cueillit-il des lauriers sur les champs de victoire
   En prodiguant son sang?
Soumit-il à son joug des nations rebelles?
   Détrôna-t-il des rois?
Comme l'aigle romaine, en déployant ses ailes,
   Mit-il tout sous ses lois?
Que fut-il donc enfin ce défunt que j'admire,
   Ce défunt bienheureux?
Je brûle de chanter sa gloire sur la lyre,
   En sons harmonieux.

Demandez à la foule en ce lieu qui se presse
        Pour prier sur ses os ;
A ces amis nombreux, qui l'honorent sans cesse,
        Ce que fut ce héros ;
Demandez à l'un d'eux qui lui rendit la vue ;
        A l'autre la santé
Que jugea compromise et pour jamais perdue
        Le docteur consulté ;
Allez sous l'humble toit, consultez la misère,
        Demandez qui, souvent,
Les mains pleines, volait de chaumière en chaumière
        Où pleurait l'indigent ;
Interrogez enfin la ville tout entière,
        Les villages voisins ;
Et chacun vous dira : « C'est Baptiste Leclère
        Qu'on place au rang des saints.
Par mille austérités dans la fleur de son âge
        On le vit emporté
Comme l'arbre qui voit se faner son branchage
        Faute d'humidité. »
Ah ! c'est toi, rejeton d'une race bénie,
        Qu'on honore en ces lieux !
A côté de ton nom, sur la dalle polie,
        Je lis tous tes aïeux !
Maintes fois tes amis m'ont conté ton histoire,
        Les yeux baignés de pleurs.
A tes nobles vertus sans peine je puis croire,
        Ainsi qu'à tes erreurs.
Quelque temps tu voguas sur la mer orageuse
        Du monde perverti

Où souvent dans le sein d'une nuit ténébreuse
    On se voit englouti.
Environné d'écueils, près de tomber peut-être
    Dans l'abîme sans fond,
Un ange t'apparut et Dieu se fit connaître
    A ton cœur vagabond.
Pardonne à cette rime un peu dure et sévère,
    Ame de mon héros.
Je ne suis point entré dans ce lieu funéraire,
    Pour troubler ton repos ;
Mais j'y viens pour chanter et bénir ta mémoire,
    En murmurant ton nom.
Si quelqu'égarement a compromis ta gloire,
    Tu reçus le pardon.
Dans les ondes du jeûne et de la bienfaisance
    Tu lavas tes erreurs ;
Et, plus pure bientôt qu'aux jours de ton enfance,
    Tu te couvris de fleurs.
Dans la splendeur des cieux, plus belle que l'aurore,
    Tu brilles en ce jour.
Mille siècles passés tu brilleras encore
    Dans l'éternel amour.
Sur l'océan du monde, au milieu des tempêtes,
    Comme toi nous voguons ;
Et l'orage souvent, en grondant sur nos têtes,
    Brise nos avirons.
Que de fois sur les flots notre barque chavire,
    Malheureux voyageurs !
Et peut-être irons-nous toujours de pire en pire,
    De malheurs en malheurs !

Et savons-nous si Dieu, qu'ont irrité nos crimes,
Nos désordres affreux,
Voudra bien, comme à toi, sur le bord des abîmes,
Enfin ouvrir nos yeux ?
Daigne, près de ce Dieu qui punit, qui pardonne,
Prier pour les humains.
Pussions-nous, comme toi, recevoir la couronne
Qui brille au front des saints !

XII

LA FEUILLE D'ORMEAU

Effet de la bonne compagnie.

Un jour, près d'un bocage errant pour quelque cause,
En marchant je dérobe une feuille au rameau.
Que doux est ton parfum, lui dis-je ! es-tu la rose ?
Non, je ne la suis point, je suis fille d'ormeau,
Répond modestement notre feuille nouvelle ;
Mais le sort, le hasard, (pour moi c'est un bonheur) !
Dans ce riant bosquet m'a placée auprès d'elle,
Et ce contact heureux m'a donné bonne odeur.

XIII

LE MOIS DE MARIE

La vive et joyeuse nature
Sourit aux suaves douceurs
Qui de fils de mille couleurs
Des plantes tissent la parure.

Oui, dans ce mois, si gai, si beau,
D'un long somme tout se réveille :
L'oiseau chantant charme l'oreille,
La fleur embaume le cerveau.

Nos vierges, filles de Marie,
De festons ornent ses autels ;
Et par mille chants solennels
Partout on la loue et la prie.

Vois à tes pieds, reine des cieux,
Du printemps les tendres prémices.
Reçois ces humbles sacrifices,
Et de tes dons comble nos vœux.

Prête l'oreille à nos prières ;
Et fais couler dans notre cœur
Les dons précieux du Seigneur,
Dont tes mains sont dépositaires.

Qu'un jour, au sein brillant de Dieu,
Mêlant nos voix aux chœurs des anges,
Nous puissions chanter tes louanges,
Comme aujourd'hui dans le saint lieu !

XIV

L'ÉTOILE DU MARIN

—

Quelle est donc cette belle étoile
Qui paraît là-haut sous les cieux ?
Puisse-t-elle à jamais sans voile
Ici-bas éclairer nos yeux !

Que son auréole est brillante,
Son jour serein, charmant et doux !
Astre de lumière éclatante,
Es-tu par Dieu créé pour nous ?

Oui, c'est l'étoile du navire,
Ou la boussole du marin ;
C'est l'astre enfin qui doit conduire,
Guider les pas du pèlerin.

Il nous préserve de l'orage,
Ou raffermit notre aviron ;
Nous protége dans le voyage
Contre l'attaque du larron.

Qui met en toi sa confiance,
Appui, soutien du voyageur,
Navigue, vogue en assurance
Au port de l'éternel bonheur.

Sur toi nous fixerons la vue,
Brillant phare allumé pour nous ;
Et tu dissiperas la nue
Qui dans l'ombre nous plonge tous.

Je veux marcher à ta lumière,
Soleil qui brille dans les airs.
En toi ma confiance entière,
Nouvel et bel astre des mers.

Devant moi dissipe l'orage,
Et calme la mer et ses flots ;
Ou du moins soutiens mon courage
Contre les vagues sans repos.

Vois comme ma barque chancelle,
Hâte-toi d'y porter la main.
Sur une plage et sûre et belle
Daigne me faire mouiller sain.

XV

ODE

—

Tous en chœur chantons sur la terre
La Vierge, source du bonheur.
C'est une autre Ève, une autre mère,
Qui donne au monde un Rédempteur.
Par elle vont cesser nos peines :
Son fils Dieu brisera nos chaînes.
Aux enfers tremble le serpent,
Ce monstre déchu de sa gloire
Dont la trop perfide victoire
A perdu le monde naissant.

Oui, bénissons, louons Marie,
Refuge assuré du pécheur.
Heureux un mortel qui la prie,
Invoque son bras protecteur.
Rangés à l'ombre de ses ailes,
Les chrétiens à leur Dieu fidèles
De Satan bravent le courroux.
Sur eux l'infernale vengeance
En vain déchaîne sa puissance,
Ils sont à l'abri de ses coups.

Quelle est belle et majestueuse !
Que son front est brillant, divin !
Plus que les soleils radieuse,
Elle éblouit le Séraphin.
Le ciel s'incline en sa présence.
Comme Dieu, dans sa gloire immense,
Elle règne sur l'Univers ;
Et lyre en main, tous les Archanges,
Heureux de chanter ses louanges,
L'entourent de mille concerts.

Daigne sur nous, Vierge bénie,
Souveraine des bienheureux,
Du haut de ta gloire infinie,
Porter le regard de tes yeux.
Sensible à nos tristes misères,
Sur nos âmes qui te sont chères
Jette un bouclier protecteur ;
Rassure-nous dans nos alarmes ;
Sèche le torrent de nos larmes
Et sur nous verse le bonheur.

XVI

LE TABLEAU DE LA VIERGE

Dans un pays lointain, un vénérable père
Au culte des faux dieux allait faire la guerre.
En partant il choisit, parmi nombreux tableaux,
De la Vierge Marie un portrait des plus beaux.
A son poste arrivé, dans sa chambre il le place.
Un officier du roi, qui chez ce prêtre passe,
Avec lui dans ce lieu quelque temps s'entretient,
Voit au mur le tableau qu'un certain clou retient.
Prenant pour le réel une brillante image,
Il croit voir une femme au séduisant visage,
Et le rapporte au roi. Celui-ci, curieux
De voir la noble dame aux traits fins, radieux,
Mande l'homme de Dieu qui bientôt se présente,
Emportant sous son bras l'image ravissante.
Le monarque, étonné, tressaille de bonheur
En voyant du tableau les traits et la couleur.
En silence longtemps il l'admire, l'adore,
Et pendant son sommeil il le revoit encore.
Mais la Vierge elle-même apparaît à ses yeux,
Dans toute la splendeur dont elle brille aux cieux.

Cet éclat ravissant frappe et fixe sa vue ;
Et son oreille entend une voix inconnue.
Plein de sa vision, le monarque païen
Revoit l'homme de Dieu, s'instruit, se fait chrétien.

XVII

UNE PIEUSE BERGÈRE

—

Une vierge, une sainte, en certaine campagne,
Fait paître des brebis au pied d'une montagne.
Sans cesse elle visite en ce champêtre lieu
Un petit monument à la mère de Dieu.
Des fleurs que dans les champs la nature nous donne,
Avec art elle tresse une fraîche couronne,
Et, montant sur l'autel, de ses deux chastes mains
Elle en couvre le front de la reine des saints.
« Que ne puis-je, dit-elle, ô ma mère chérie !
« D'une couronne d'or de perles enrichie,   [jour,
« Orner ton front divin ! Daigne, au moins, chaque
« Accepter ce présent que te fait mon amour ! »

Bientôt, notre bergère en son lit étendue,
Sur l'image du Christ tenant fixe sa vue,
Médite sur la vie et la mort et les cieux.
Une clarté céleste apparaît à ses yeux.

La reine de Sion, sa mère vénérée,
Descend dans son réduit des anges entourée.
Sur sa fille, qui prie et s'éteint sans douleur,
Elle incline son front rayonnant de splendeurs.
La sainte moribonde alors se sent ravie.
De la chair et des sens son âme se délie
Et vole avec sa mère au céleste séjour
Pour l'honorer encor dans l'éternel amour !

XVIII

UNE PETITE FILLE CHARITABLE

Une enfant, ange pure, ayant nom Dominique,
A sur elle attiré l'attention publique.
A dix printemps déjà sa vive charité
A pour son âme au ciel un trésor mérité.   [sante
Ah ! qu'heureux est son cœur, quand sa main bienfai-
Met un sou dans la main de la veuve indigente,
Quand du pauvre vieillard, avec un peu de pain,
Elle sèche les pleurs, elle apaise la faim,
Quand de ses vêtements dépourvus d'élégance
Pour l'amour de Marie elle habille l'enfance !

Une femme inconnue arrive à sa maison.

Elle tient par la main un tout petit garçon.
D'indigents malheureux ils ont toute apparence.
Les mains pleines vers eux la fillette s'avance,
S'arrête sur le seuil, leur offre son présent,
Et, d'un air de bonté, les regarde un instant.
Sur le cou du bébé flottent des tresses blondes.
Elle voit dans ses mains deux blessures profondes,
Contemple ses pieds nus, percés de part en part.
Une plaie au côté fixe aussi son regard.
« Aimez-vous, noble enfant, lui dit cette étrangère,
Aimez-vous le bon Dieu, le Sauveur et sa mère ?
— Oh ! sans doute, Madame, avec un vrai bonheur
Je leur voue à tous trois et mon âme et mon cœur. »
La dame en ce moment devient resplendissante
Et son fils a d'un Dieu la majesté puissante.
Dominique, éperdue, ouvre alors de grands yeux
Et les voit s'élever vers la voûte des cieux !

XIX

LE PETIT SAVOYARD
Partant pour la France.

—

Dans un auteur chrétien je trouve ce passage,
Qui, sans être un miracle, est un touchant hommage
A la Vierge rendu par des cœurs innocents.
C'est un fait qui mérite une place en mes chants.
Le petit Savoyard, en partant pour la France,
Dans la mère du Christ place sa confiance.
Ses parents et voisins, le cœur bien gros, hélas !
Jusqu'à la croix voisine accompagnent ses pas.
Dans cette croix champêtre est une statuette.
A genoux prosternée est la troupe muette,
Qui pour le voyageur offre ses tendres vœux,
Invoque le secours de la reine des cieux.
Sa mère, en l'embrassant, l'arrose de ses larmes
Et verse dans son cœur la douleur et les charmes.
« Ah ! si jeune partir, dit-elle en soupirant !
« Que pour moi ton départ est un trait déchirant !

« Va, pourtant, mon petit, ne crains point la misère ;
« Va ; la reine du ciel te servira de mère.
« En France tu pourras, au pied de ses autels,
« Sur ton sort attirer ses regards maternels. »
Arrosé par les pleurs de la troupe attendrie,
Le petit voyageur marche en priant Marie.
Sous sa protection il pourra revenir,
Et voir sa mère encor l'embrasser, le bénir !

Les quatre légendes qui précèdent sont tirées de petits ouvrages dédiés à la Vierge mère du Christ sous le titre de *Mois de Marie.*

XX

ÉPITRE A UN JEUNE SÉMINARISTE

—

Ce monde, mon enfant, où de pleurs l'on s'abreuve,
Pour l'âme n'est qu'un stage où rude est son épreuve.
N'étant point pour cette âme un éternel séjour,
Il ne peut sans danger captiver son amour.
Il doit donc pour tout homme, et surtout pour le sage,
Être considéré comme un lieu de passage
Où tous les voyageurs séjournent plus ou moins
Selon que le destin y règle leurs besoins.
Comme l'oiseau qui passe en changeant d'émisphère,
D'un œil indifférent sous tes pieds vois la terre !

Tous aussi de passage en ce bas univers,
Tous nous y cheminons par des sentiers divers.
Ces sentiers, qui souvent sous nos pas s'élargissent,
Au même point final tôt ou tard aboutissent ;
Car il n'est, pour sortir du séjour de douleur,
Qu'une porte d'airain ouverte au voyageur
Dont la course terrestre arrive et touche au terme,

Et qu'aussitôt sorti derrière lui l'on ferme.
Par ces divers sentiers nous suivons deux chemins,
Que l'ange inspirateur offre au choix des humains.
L'un, d'un aspect brillant, est de largeur immense.
Par ses charmes séduite une foule s'y lance.
Sur son sol moelleux s'étalent mille fleurs.
Les yeux sont éblouis de leurs vives couleurs,
Et, souvent, pour cueillir la rose enchanteresse,
Par l'envie excité, l'on s'y pousse, s'y presse.
A qui de cent rivaux le plus vite courra,
Et du lis convoité possesseur se verra.
A son but arrivé, haletant, tout en nage,
Du plaisir tant rêvé l'on n'a plus que l'image ;
Mais au loin de nouveau s'offre une perle d'or ;
Et, pour s'en emparer, il faut courir encor.
Sur cet autre bijou tenant fixe sa vue,
Comme pour le premier, l'on s'intrigue, remue,
Sans jamais de repos précipite ses pas
Qu'attirent de l'objet les séduisants appas ;
Et toujours, quand la main va saisir son idole,
C'est un ballon qui crève et du vent qui s'envole !
Que de pauvres humains, ainsi trompés, hélas !
Courent après ces fleurs et ne les cueillent pas !
En poursuivant ainsi sa course furibonde,
Comme un cerf altéré l'on traverse le monde,
Et bientôt à la porte on se voit, chancelant.
Ici l'on se retourne et regarde un instant
Ces roses et ces lis couvrant tant de misères,
Et des larmes sans fin ruissellent des paupières.
On s'est trompé de route, on le voit, mais trop tard !

Avec inquiétude on lance un long regard
Qui s'étend au delà de la porte sublime
Et ne voit devant soi que l'éternel abîme !
Ah ! comme sur ses pas l'on voudrait revenir !
Mais le seuil infernal alors il faut franchir !
L'ange du jugement, de son glaive de flamme,
Dans ce lieu redouté précipite votre âme !

L'autre de ces chemins qui s'ouvrent sous nos pas,
Moins grand que le premier, offre moins d'embarrras.
Moins parsemé de fleurs, excitant moins l'envie,
Plus calme, plus serein l'on y coule sa vie.
Quelques peines aussi s'y rencontrent pourtant ;
Mais, pour les moins sentir, on les souffre content.
Ayant par cette voie achevé son voyage,
On entre dans le port d'une mer sans rivage,
Monte dans un esquif habilement conduit
Où l'on est par la main avec grâce introduit,
Voit sur l'onde voler la légère nacelle
Qu'un divin conducteur ombrage de son aile,
Arrive extasié dans un autre univers
Où brillent sous les yeux mille soleils divers,
Plus beaux, plus radieux que l'astre de ce monde
Dont la vive splendeur est si douce et féconde,
Plonge dans l'océan des délices sans fin,
Où nagent palpitants l'Ange et le Séraphin,
Et commence à jouir des douceurs infinies
Que créa l'Éternel pour les âmes bénies !

Pour plus sûr à bon port arriver, mon enfant,

Prends la noire soutane, et la porte content.
Entre résolûment dans cette humble carrière
Et sans même jeter un regard par derrière.
Que du monde pervers les funestes appas
Jamais un seul instant n'en détournent tes pas.
Ces terrestres plaisirs que ton cœur sacrifie,
A bien considérer, sont-ils dignes d'envie ?
Que sont-ils ? Je l'ai dit, et le veux dire encor :
Ils sont un fiel amer qu'enferme un vase d'or.
Toujours plus altéré plus on s'y désaltère,
Jamais le cœur humain ne s'y peut satisfaire.
C'est un fruit de l'Éden qui semble savoureux
Et qui toujours en soi cache un suc venimeux ;
Une fleur dont l'attrait vers elle vous attire
Et qui fait mal au cœur sitôt qu'on la respire. [jours,
Puis, ces fausses douceurs, qui trompent tous les
Qui d'erreurs en erreurs vous entraînent toujours,
Ces tristes voluptés pour qui l'homme s'agite,
Ont si courte durée ! elles passent si vite !
Que sont-elles, hélas ! devant l'éternité ?
Le grain d'orge perdu dans les fruits de l'été !
La perle du roseau dans l'océan jetée !
L'étincelle dans l'air par le vent emportée ! [clair,
Enfin, ces courts plaisirs, pour quinconque y voit
Ne sont que dans la nue un lumineux éclair
Qui vous frappe les yeux et fait tomber la foudre,
Qui souvent vous enflamme et vous réduit en poudre !

L'état sacerdotal par toi tant convoité
Peut aux yeux du mondain offrir humilité ;

Mais c'est sous le gazon la fleur qui nous embaume,
Le miel délicieux sous la ruche de chaume,
Le petit ver roulé dans son humble cocon
Qui nous file caché la richesse à foison.
Non, cette voie étroite et rude en apparence
N'est point impraticable à quiconque s'y lance :
Vois combien de mortels en ont suivi le cours ;
Combien, le cœur content, s'y portent tous les jours.
Ils sont hommes, pourtant ; tous de vile matière,
Tous héritiers d'Adam notre malheureux père ;
Mais leur âme, domptant la chair et ses désirs,
A souffrir pour son Dieu trouve de saints plaisirs.

Heureux qui de bon cœur entre dans cette voie
Que dans les tourments même on peut suivre avec joie !
C'est le chemin du ciel par le Sauveur tracé,
Et le disciple passe où le maître a passé.
Un si noble destin est bien digne d'envie :
Consacre au Rédempteur et ton âme et ta vie,
Et tu seras un arbre avec succès enté,
Dans le verger divin par la grâce planté,
Ou, si mieux tu le veux, dans la vigne bénie
Une tige fertile au cep toujours unie,
Sans cesse produisant des fruits délicieux
Par les anges cueillis pour la gloire des cieux !

Pour au but arriver sans craindre les épines
Qui croissent quelquefois parmi les fleurs divines,
Il te faut méditer, souvent porter tes yeux
Sur la croix du salut, vers la voûte des cieux,

Sur ces nombreux martyrs détachés de la vie,
Qui dans les tourments même avaient l'âme ravie,
Et sur ces autres saints dont l'ardente ferveur
Au désert imitait le jeûne du Sauveur !

Par la grâce du ciel fait ange de lumière,
Du pauvre pèlerin essuyant la paupière,
Ministre du Seigneur offert sur ses autels,
Tu devras, mon enfant, conduire les mortels
Comme l'esprit divin te guide en ta carrière,
Et prodiguer à tous les soins d'un tendre père.
Qu'à tes yeux il ne soit de petits ni de grands,
Mais des frères en Dieu. Que même les méchants
A les protéger tous trouvent ta main propice.
C'est ainsi que des cœurs on extirpe le vice.
Sans jamais redouter de faire des ingrats,
Oui, donne, donne à tous et ne t'en lasse pas.
Si parfois il te faut faire une préférence,
Que vers la pauvreté s'incline ta balance.

Que ne te vois-je un jour, dans un temple sacré,
Au Seigneur des seigneurs saintement consacré,
Couvert d'une chasuble offrir le sacrifice,
Sur le peuple à genoux lever ta main propice,
Dans la chaire monté, parlant comme un docteur,
Tour à tour nous remplir de joie ou de terreur ;
Puis, le calice en main, à la table bénie
A de pieux chrétiens donner l'Eucharistie !
Que ne puis-je moi-même, admis à ce festin,
Ce céleste aliment recevoir dans mon sein !

Comme je bénirais le Sauveur adorable
En recevant ce pain de ta main vénérable !

Souviens-toi bien toujours qu'un prêtre du Seigneur,
Pour qu'à son ministère il puisse faire honneur
Et se voir dans les cieux la céleste couronne
Que le maître divin à ses ministres donne,
Ne doit en soi souffrir jamais rien d'entaché,
Mais posséder un cœur à Dieu seul attaché ;
Que de ce qu'il enseigne et prêche dans le temple
Il lui faut au dehors toujours donner l'exemple.
Il doit plus que personne honorer la vertu
Et s'éloigner du mal par lui tant défendu.
L'ardente charité du foyer de son âme
Doit aux yeux des mortels faire briller la flamme.
Que les pauvres en toi trouvent un sûr appui :
Un bon prêtre n'a rien qui ne soit pour autrui.
D'ailleurs il est si doux d'assister l'indigence
Qu'on la peut secourir sans autre récompense ;
Et pourtant au centuple on reçoit dans les cieux
Ce que dans ce bas monde on donne aux malheureux.
Du simple verre d'eau la modeste assistance
Au jour du jugement pèse dans la balance.
Si Dieu t'appelle à lui, ce n'est point, sûrement,
Pour entasser de l'or et vivre grassement.
Jésus naît, vit et meurt au sein de la disette.
Jamais il ne se voit de quoi poser sa tête.
Aux malheureux toujours s'ouvre son tendre cœur
Et partout ses bienfaits consolent la douleur.
Pardonnant aux ingrats qui l'accablent sans cesse,

Par sa grâce attirant toute âme pécheresse,
Confondant les docteurs dans ses mâles discours,
D'exemples appuyant sa parole toujours,
Il dit à ses amis : « Honorez votre maître ;
« Dans le monde brillant n'aimez point à paraître.
« Des trésors dans le sol gardez-vous d'enfouir ;
« Quiconque entasse l'or du ciel ne peut jouir.
« Quittez tout, vendez tout, donnez à la misère ;
« Et des célestes biens vous comblera mon père.
« On ne peut à la fois deux maîtres bien servir :
« L'esprit du mal on sert quand on veut s'enrichir.
« Que jamais dans vos cœurs ne soit d'inquiétude ;
« Ce serait m'accuser de trop d'ingratitude.
« L'oiseau dans des greniers n'entasse pas de grain ;
« Et pourtant chaque jour il appaise sa faim.
« Pour monter dans les cieux, pour passer par la porte,
« Il faut qu'on soit petit et que rien on n'emporte.
« Par le trou d'une aiguille avec bosse un chameau
« Passerait mieux encor qu'au delà du tombeau
« Peut le riche passer par cette porte étroite
« Où passent mes élus pour s'asseoir à ma droite.
« Ainsi que parmi vous tous mes jours je vécus,
« De même vivez tous, quand je ne serai plus.
« Imitez votre maître ; et buvez son calice ;
« Le ciel sera le prix de votre sacrifice.
« Quelque part allez-vous, jamais n'emportez rien.
« Quel que soit le troupeau, toujours trouvez-vous bien.
« Comme je suis venu, mes disciples j'envoie :
« Non point pour savourer du plaisir, de la joie ;
« Mais pour être exposés aux monstres ravisseurs

« Qui troublent le troupeau, dévorent les pasteurs.
« Les pasteurs, mes amis, pour la brebis chérie
« Doivent donner leur sang, sacrifier leur vie ! »

Médite chaque jour ces préceptes divins,
Et bien d'autres encor qu'ont médités les saints.
Le pasteur d'un troupeau quelque jour tu peux être.
Alors, sois à nos yeux l'image de ton maître.
L'Évangile à la main et la foi dans le cœur,
Au lion infernal inspirant la terreur,
De sa griffe arrachant la brebis qu'il dévore,
Prêt à voler toujours où quelque voix t'implore,
Exemple plus qu'oracle au sein de ton troupeau,
Édifiant la ville ainsi que le hameau,
Avec soin t'éloignant de la molle opulence,
Répandant des vertus la divine semence,
Le cœur plein, débordant de pardon, de bonté,
De tous les malheureux sondant l'infirmité,
Cicatrisant la plaie en y versant le baume,
Sans cesse te rendant sous l'humble toit de chaume
Pour y porter la paix, pour en bannir la faim,
Parfois voyant aussi l'opulent châtelain
Pour lui peindre l'état de la pauvre misère,
Partout autour de toi répandant la lumière,
Attirant du Très-Haut la bénédiction
Sur les cœurs de tout rang, toute condition,
Au saint temple assidu, fervent dans la prière,
Tel je te voudrais voir dans ta noble carrière !
Puisses-tu donc, enfant, être un autre Jésus !
Puissent nos yeux en toi voir briller ses vertus !

D'un pas ferme toujours avance dans sa voie,
Comme lui résigné, souffrant tout avec joie.
Imite ce modèle ; il est saint et parfait ;
Enseigne sa doctrine et fais ce qu'il a fait.

Telle est d'un vieil ami l'épître salutaire
Écrite pour t'instruire autant que pour te plaire.
Médite-la souvent, mais sans forcer tes vœux.
On peut sans la soutane être admis dans les cieux.
Interroge ton cœur, consulte la nature ;
De ton ange surtout écoute la voix sûre.
Mieux vaut simple laïque être un saint ignoré,
Que prêtre et même pape un Judas vénéré !

XXI

RÉPONSE A UN JEUNE POÉTE

M. É.... P.....

—

Fils d'un vieux rimeur que j'estime,
D'un satirique âpre et mordant,
Comme lui tu polis la rime,
Mais avec un style d'enfant.
J'aime ton épître rimée,
Du dieu des muses estimée,
Tes doux et coulants petits vers,
Où tant de tendresse exprimée,
De parfum suave embaumée,
M'inspire cent pensers divers.
Tu ne voles point vers les nues,
Comme, les ailes étendues,

L'aigle aux regards audacieux
Dont le front menace les cieux ;
Mais sur le gazon tu voltiges
Comme l'abeille sur les tiges
Du serpolet, du sarrasin,
De la bruyère et du jasmin,
Où, pour sucer la fleur éclose,
En bourdonnant elle se pose.
Comme elle aussi ta main compose,
Des fleurs que tu sais bien choisir,
Un mets dont j'aime à me nourrir.

Sans d'un trait voler au sublime,
En effleurant l'humble gazon,
Au bout du vers pose la rime,
Et sans faire plus de façon.
Mets toutefois bien la mesure
Et marque hémistiche et césure
Suivant le sens et la longueur,
Prête l'oreille à la cadence,
A ce doux accord qui balance
Et berce la voix du lecteur.

Chacun doit parler son langage :
Le berger comme à son village,
Le prince comme on parle aux cours.
Qui veut sa langue contrefaire
Ne peut qu'ennuyer et déplaire.
Tout astre doit suivre son cours.
Si le sublime est admirable,

La simplicité l'est aussi;
Son style n'est pas moins aimable,
Pour être un peu plus radouci.
Mieux j'aime à voir dans la prairie
Serpenter sous l'herbe fleurie
Le petit ruisseau transparent
Dont la lame douce et polie
Dans son cours paisible se plie,
Caresse la fleur en passant,
Que la rivière courroucée,
Dont l'onde, aux flots bruyants lancée,
De terreur glace le vallon,
Couvre le jardin et la plaine
Du gravier fangeux qu'elle traîne,
Souille la fleur d'impur limon.

Que ta main trace tes pensées,
En les ornant de quelques fleurs ;
Que ces fleurs, avec art placées,
Aux yeux étalent leurs couleurs.
Ainsi qu'une source limpide
Qu'une main invisible guide
Et fait jaillir en fils d'argent,
Qui sur de blancs cailloux serpente,
De l'humble ruisseau suit la pente,
Humecte les bords en passant,
Baise la fleur et la remue
Et la voit sourire à sa vue,
La saluer en s'inclinant,
De même, laisse aller ta plume,

Sans l'arrêter fais un volume
Et deux et trois et dix enfin
Qui coulent clairs jusqu'à la fin.
Si l'on se fait trop de contrainte,
Et cherche les grands mots trop loin,
Si, pour sortir de son enceinte,
On se veut donner trop de soin,
La plume, courant en boiteuse
Dans cette route périlleuse,
Trébuche, et tombe à chaque pas.
Alors l'onde en limon se change
Et le ruisseau souille de fange
Les fleurs qui perdent leurs appas;
Et ce qu'on avait cru la veille
Un vrai chef-d'œuvre, une merveille,
N'est plus qu'un galimatias.

C'est assez parler de la muse,
De ce doux langage des dieux
Où ton jeune Apollon s'amuse,
Chante des airs harmonieux.
Revenons enfin à tes vœux:
M'exprimant ta vive tendresse
Sur un bien naïf et doux ton,
Tu veux que je songe sans cesse
A toi, jeune fils d'Apollon;
Tu veux que des monts de Sancerre,
Voyageant comme un mercenaire,
En main mon robuste bâton,
Marchant même au clair de la lune,

Je revienne dans ta commune,
Sous l'humble toit de ta maison ;
Tu veux que, vidant un flacon,
Sur le damier cher à ton âme
Où de ton œil brille la flamme
Comme l'œil perçant du faucon,
Les pions rangés en bataille,
Sans craindre boulet ni mitraille,
De tes forts criblant la muraille,
Attaquant tes retranchements,
Je te force à battre en retraite ;
Et que, sonnant de la trompette
Avec ris et trépignements,
Heureux et fier de ma victoire,
Par mille bravos à ma gloire
Je double et triple tes tourments !

Agréable m'est ta prière
Et je veux un jour l'exaucer.
Peut-être une semaine entière
Aux dames je vais te pousser ;
Mais songe à l'amère défaite
Que ma main habile t'apprête
En s'exerçant sur le pion ;
Et, sûr de me rendre les armes,
Prépare bien tes yeux aux larmes,
Ton cœur à la déception.

Mais doucement ! il faut se taire.
Prudent et sage il est de faire

Un moment de réflexion.
C'est parler trop en téméraire.
Un peu moins de prétention.
Souvent, qui déclare la guerre,
Et croit son ennemi vaincu,
Dans la lutte voit le contraire
Et se retire confondu.

———

XXII

ÉPITRE A LA VILLE DE SANCERRE

Pittoresque cité qu'embellit la nature
Plus que l'art du ciseau modulant la sculpture,
Qu'on aime à contempler tes sites enchanteurs !
Comme ici tout ravit et muses et rimeurs !
Que n'ai-je d'Apollon la lyre et le génie !
Alors, je chanterais, en suave harmonie,
Tes vallons, tes coteaux, tes mille aspects divers,
Et, pour t'honorer mieux, je t'offrirais mes vers !

Du haut et rond sommet de ta riche montagne,
Les regards tout autour planent sur la campagne;
Et des points élevés de nos mille hameaux
On voit tes toits groupés, comme on voit sur les eaux,
Dans la plaine des mers, une flotte serrée
Qui semble s'élever vers la voûte azurée.
Cet aspect, qui nous charme en s'offrant à nos yeux,
M'inspire de longs vers moins parfaits que nombreux!
                                        [affaire
Dans tes murs, dans ton sein, souvent moins pour
Que pour revoir encore un lieu qui m'a su plaire,
Rêver sur tes remparts en murmurant tout bas,
Le crayon à la main, j'aime à porter mes pas.
De ton rond mamelon la pente verdoyante
Offre aux yeux enchantés la figure vivante
De la face d'un cône où mille vignerons
Préparent à Bacchus d'abondantes moissons.
Vingt collines, que couvre une tendre verdure,
Semblent autour de toi former une ceinture.
C'est, surtout, du rempart dominant le vallon,
De la porte où César a gravé son grand nom, [les.
Qu'aux yeux s'offrent au loin mille beautés vermeil-
On voit, longeant le val à travers cent merveilles,
Du fleuve, en serpentant, se dérouler les eaux,
Au delà s'élever collines sur coteaux
Dont les cimes sans fin par degrés étendues
Dans les airs vaporeux se confondent aux nues.
Sublime amphithéâtre étendu sous les yeux,
Tes hauts et verts gradins semblent s'unir aux cieux.
Dans ce vaste horizon en avant qui s'incline,

Comme l'aigle, en montant vers la voûte divine,
Qui s'avance, revient, promène ses regards,
Je laisse ma pensée errer de toutes parts.
Des forêts, des bosquets, des jardins, leurs parures,
Mille champs bigarrés par diverses cultures,
Des chalets, des manoirs, des cités, des hameaux,
Bâtis sur la colline ou sur le bord des eaux,
Offrent sur tous les points de riants paysages.
C'est un panorama formé de mille images !
Pour encore embellir un lieu si ravissant,
Le pont, comme un coursier, sur le fleuve s'étend
Et livre aux voyageurs passage sur les ondes
Qui coulent dans l'abîme ou plus ou moins profondes,
Et le char à vapeur par son sifflet bruyant
Plus d'une fois le jour le salue en passant.
Ce long char, emporté par sa forge allumée,
Vole et longe le val en lançant sa fumée
Qui se roule en flocons d'ouateuse couleur.
Enfin tout charme l'âme et l'esprit et le cœur !

XXIII

UNE LEÇON MORALE A MES ÉLÈVES

Heureux petits blondins, objets de ma tendresse,
Dont l'air doux et candide a tant de gentillesse,
C'est pour vous qu'aujourd'hui je crayonne des vers
Afin de vous donner quelques avis divers.
Vos parents, chers mignons, vous envoient à l'école,
Pour... causer, rire?.. Non, entendre ma parole,
Prêter attention aux choses que je dis,
En amender vos cœurs, en orner vos esprits ;
Chaque jour de mes mains accepter votre tâche
Et jusqu'au bout toujours travailler sans relâche.
Quand, la classe finie, ensemble vous sortez,
Si le maître est content, comme gais vous jouez !
Mais si, sur votre banc, pour quelques causeries,
Quelques malignités qu'on nomme espiègleries,
En dépit de vos vœux, de vos désirs cuisants,
Plume ou livre à la main vous restez quelques temps,
Les larmes de vos yeux coulent en abondance,
Et longue vous trouvez la courte pénitence.
Dérobant vos regards au pensum ennuyeux,
Vous voyez dans la cour vos compagnons joyeux

Se livrer bruyamment à vos jeux d'habitude,
Pendant que vous suez sur la tâche bien rude.
Le petit babillard, en causant au voisin,
Gaspille sa besogne et gâte son butin ;
Et l'ouvrage mal fait alors il faut refaire.
Le paresseux aussi prend part à ce salaire :
Chaque soir il lui faut temps perdu réparer,
D'un travail trop maudit malgré lui s'emparer.
Là, cloué sur son banc, aux ennuis trop en proie,
Il voit ses compagnons, l'œil rayonnant de joie,
Saluer et sortir, se retirer chez eux,
Et des pleurs bien amers ruissellent de ses yeux.
Quand sonne le départ, si la tâche est remplie,
Ne vous sentez-vous pas l'âme toute ravie ?
Vous pouvez sans rougir embrasser vos parents,
Sûrs d'être bien reçus, sûrs de les voir contents ;
Mais quand tard vous rentrez ces parents en alarmes
Demandent en grondant le sujet de vos larmes,
Pour vous quelle douleur, quelle confusion !
Et pour ces bien-aimés combien d'affliction ! [nes,
Pourquoi donc leur causer tant d'ennuis, tant de pei-
Et rendre ainsi toujours leurs réprimandes vaines ?
N'êtes-vous point touchés de leurs vives douleurs ?
Pouvez-vous sans pleurer voir ruisseler leurs pleurs ?
Songez aux tendres soins de votre douce mère ;
Aux sueurs que pour vous verse votre bon père.
Votre maître, comme eux, s'afflige et pleure aussi,
Lorsque pour vous punir il vous retient ici.
Ne le contristez point ; mais bien plutôt, sans cesse,
Par vos attentions augmentez sa tendresse.

Il a le cœur joyeux quand il vous sait contents ;
Et les yeux pleins de pleurs lorsqu'il vous voit souffrants
Il voudrait, s'il pouvait, ce maître qui vous aime,
Pour alléger vos maux les porter tous lui-même !

Doux il m'est de vous voir sur ces bancs réunis,
Comme la branche au cep tous à mon cœur unis,
Le front calme et serein comme un beau jour d'automne,
L'œil brillant comme l'œil de l'astre qui rayonne,
Avec un air candide où se peint la douceur,
Un sourire agréable exprimant le bonheur,
Prêter à ma parole une oreille attentive,
Et sans cesse éprouver une émotion vive.
C'est la veille du jour, où, pour honorer Dieu,
Par l'airain appelés tous on vole au saint lieu,
Qu'assise sur ces bancs votre troupe chérie
Surtout verse la joie en mon âme attendrie.
Là, je vous entretiens des miracles divers
Par le ciel opérés pour toucher l'Univers.
Agréables vous sont ces divines histoires [moires[1]
Dont s'amendent vos cœurs, dont s'ornent vos mé-

Petite pépinière où l'arbre est exposé,
Que souvent par mes mains ton sol est arrosé !
Et, malgré mes sueurs, en dépit de mes peines,
Pour quelques-uns toujours malheureusement vaines,
L'aride sécheresse et ses feux destructeurs
Menacent de flétrir en vous tiges et fleurs.

(1) Je faisais chaque samedi soir, à la fin de la classe, une leçon morale et religieuse à tous mes élèves groupés devant moi.

Et que sera-ce donc quand mes mains vigilantes
Près d'elles n'auront plus ces trop fragiles plantes ?
Un bon nombre, pourtant, sujets sains, vigoureux,
Promettent d'être un jour plus ou moins fructueux;
Mais combien vous coûtez à ma vive tendresse !
Combien de plis mauvais en vous ma main redresse !
Encore si je voyais, jeunes prédestinés,
Mes pénibles labeurs de succès couronnés ;
Si, toujours fécondés par la Toute-Puissance,
Sous mes yeux vous portiez des fruits en abondance !
Mais, hélas ! que je crains que, privés de mes soins,
Éloignés de mes yeux qui sondent vos besoins,
Le vent des passions, fléau des tendres âges,
Ne souffle dans vos cœurs, n'y porte ses ravages,
Et ne fasse de vous, selon qu'a prédit Dieu,
Des arbres sans produit qu'on coupe et jette au feu !
                                                    [de,
Quelques printemps encore, et dans les flots du mon-
Où rare est la vertu, mais où le vice abonde,
Aux funestes appas des plaisirs séduisants
Vous serez exposés. Peut-être, mes enfants,   [mes.
Séduits par ces appas, perdrez-vous vos beaux char-
Alors, en soupirant et répandant des larmes,
Vous direz : « Où donc est l'innocente beauté
« Que jadis à mon front donnait la pureté ?
« Cette fille du ciel, qu'est-elle devenue ?
« Dans la fange du vice, hélas ! je l'ai perdue !
« Au moment redoutable où mes jours vont finir
« Je n'ai de la vertu qu'un lointain souvenir !
« Près du souverain juge, en sondant les abîmes,

« Mon âme paraîtra couverte de ses crimes ! »
Mais peut-être qu'enfin, petits anges chéris,
Des hommes estimés comme du ciel bénis,
Tel est votre printemps, tel sera votre automne ;
Et qu'à ce jour suprême où le méchant frissonne
Sans effroi vous verrez la mort fermer vos yeux.
Pour qu'il en soit ainsi mon cœur fait bien des vœux !

Tous, tous vous espérez, me dites-vous sans cesse,
Des bienheureux du ciel partager l'allégresse ;
Mais, pour vous voir admis à cet excès d'honneur,
Combien pur il vous faut conserver votre cœur !
Et, pour avoir toujours, comme dans votre enfance,
Une aimable candeur, une douce innocence,
Il vous faut, chers petits, fuir le monde pervers,
Et fouler à vos pieds bien des plaisirs divers.
Citoyens dévoués, aux lois saintes fidèles,
Marchez droit devant Dieu qui punit les rebelles.
Songez que son oreille en tous lieux vous entend ;
Qu'on ne peut se soustraire à son œil pénétrant ;
Qu'à sa mort le méchant, alors couvert de honte,
De ses iniquités rend un terrible compte :
Aucun crime caché dans les plis de son cœur
N'échappe en ce moment au regard scrutateur.
Soyez justes et saints, comme le sont des anges :
Vos âmes s'uniront aux concerts de louanges
Qu'au ciel les bienheureux adressent au Seigneur
En nageant dans la joie et s'unissant en chœur,
Tandis que les ingrats, pour expier leurs crimes,
Loin de Dieu gémiront dans les sombres abîmes !

Que les pauvres en vous trouvent des protecteurs,
Selon que vos moyens seconderont vos cœurs.
Le sou qu'à l'indigence avec plaisir on donne
Est une perle d'or qui brille à la couronne,
Que la main du Très-Haut, avec solennité,
Sur vos fronts posera dans sa félicité.
En tout prenez conseil du père et de la mère ;
Sans murmurer jamais faites tout pour leur plaire.
Que ne devez-vous point à ces parents si bons !
De vos jours n'oubliez leurs soins ni leurs leçons !
Si les infirmités qu'après lui traîne l'âge
Viennent courber leurs reins et rider leur visage,
(Funestes coups du sort qui nous atteignent tous!)
Alors, soyez pour eux ce qu'ils furent pour vous.
De même qu'aujourd'hui comblez-les de caresses;
Égayez leur esprit par mille gentillesses.
Vrais bâtons de vieillesse, accompagnez leurs pas;
Sans de honte rougir, offrez-leur votre bras.
Si, pour comble de maux, la faim les importune,
Avec eux de bon cœur partagez la fortune.
Toujours de ses bienfaits Dieu comble les enfants
Qui de soins empressés entourent leurs parents.
Pour un frère, une sœur, adulte, ou dans l'enfance,
Ayez dans votre cœur un trésor d'obligeance.
Envers tous soyez bons, justes et généreux.
Mettez votre bonheur à faire des heureux.
Dans ce monde où chacun a son lot de misère,
Si doux est le plaisir qu'on éprouve à bien faire,
Que quiconque le goûte en veut jouir encor.
Le plus humble bienfait pour l'âme est un trésor.

Si hideuses enfin sont les œuvres coupables,
Qu'on se peut étonner qu'il soit des misérables.
Il en est, cependant, il en faut convenir.
C'est un mal ici-bas que l'on ne peut guérir.
Plaignons-les, gardons-nous d'imiter leur conduite.
Que par nous au devoir leur âme soit instruite.
Dans leurs rangs évitons de choisir nos amis :
Choix qui pour nous serait premier péché commis,
Et qui, sûr et certain, si nous les faisions nôtres,
A sa suite en verrait courir mille et mille autres.
Oui, fuyons des méchants l'abord contagieux.
On contracte la lèpre en touchant le lépreux !

Pour faire son chemin sans tomber dans l'ornière,
Il faut à son départ prendre de la lumière.
L'école, chers petits, pour vous est un flambeau
Par l'État allumé dans cet humble hameau.
Ne le dédaignez point. A sa vive étincelle,
Venez vous éclairer, et votre âme, plus belle
Et plus forte à la fois, marchera d'un pas sûr
Par des sentiers fleuris sous un bleu ciel d'azur.

Quiconque croit en Dieu, (vous y croyez, vous autres
Invoque tous les saints, les bienheureux apôtres ;
Dans leurs rangs se choisit un puissant protecteur,
Qui, pendant tous ses jours, guide, inspire son cœur.
De ces saints le plus grand, (ou plutôt la plus grande,
Car je vous veux parler de celle qui demande
A voir le genre humain rangé sous son appui)
Est la mère du Christ, dans le ciel avec lui.

Cette Vierge au cœur bon, débordant de tendresse,
Qui toujours à nos vœux largement s'intéresse
Et jamais ne rejette un mortel suppliant,
Auprès d'elle aime à voir l'humble petit enfant.
Sous sa protection l'on est en assurance. .
Le démon a sur nous une telle puissance,
Qu'il faut contre ses traits être en garde toujours ;
Et Marie est bien propre à nous porter secours.
Elle est du matelot le port dans le naufrage,
L'appui du pèlerin dans son pèlerinage,
Le refuge assuré de tous les malheureux,
Et sa main maternelle à tous ouvre les cieux !

Je suis long ; et pourtant vos yeux brillent encore
Ainsi qu'à l'horizon l'astre qui vient d'éclore. .
Je vois que jusqu'au bout chacun à m'écouter
Veut mettre tout le soin qu'on y doit apporter.
Enfin, il faut finir. Petites têtes blondes,
Souvent moins en raison qu'en malice fécondes,
Encore quelque temps et vous m'allez quitter.
Sur vos bons souvenirs mon cœur peut-il compter ?
Viendrez-vous quelquefois, comme auprès d'un bon père,
Me demander avis sur ce qu'il faudra faire ?
De même qu'aujourd'hui, si vous le désirez,
Mes conseils paternels alors vous recevrez.
De votre affection mon plus heureux partage,
Venez, venez souvent m'offrir le tendre hommage.
Toujours avec bonté vous recevra mon cœur.
Allez ; soyez bénis dans l'amour du seigneur !

XXIV

LA CATHÉDRALE DE BOURGES

—

Monument gigantesque élevé vers la nue,
Que de fois du passant tu captives la vue !
Qu'on aime à contempler ton immense contour,
Ta hauteur dominant tous les lieux d'alentour,
Tes superbes frontons, tes ogives gothiques
Formant vaste dessin autour de tes portiques,
Où maints groupes vivants, qu'anima le burin,
Touchent l'âme et le cœur qui gonflent notre sein !
Quand, devant toi debout, merveille sans égale,
J'embrasse du regard ta masse colossale
De la base au sommet qui se perd dans les cieux,
Je ne puis qu'à regret en détacher mes yeux.
Sur tes deux larges flancs avec art étalées
S'élèvent par degrés cent flèches dentelées.
Tes façades, tes tours, tes groupes imposants,
Pour les sensibles cœurs quelquefois trop navrants,
Tes flèches, ta grandeur, œuvre à peu comparable,
Forment un tout immense, un ensemble admirable ;
Et dans ton vaste sein de même que dehors
Je sens de tous mes sens se mouvoir les ressorts.

Tes cinq voûtes au loin s'étendant dans l'espace,
Tes piliers, tes vitraux, tout est grand, plein de grâce.
Jamais fut-il un temple en ce terrestre lieu
Plus mâle et plus conforme à la grandeur de Dieu?
Quitte du saint tribut que ta splendeur réclame,
Au pied d'un riche autel se recueille mon âme.
Mais ne dirait-on pas qu'en ce lieu ravissant
Plus qu'ailleurs à l'esprit s'offre le Tout-Puissant?
Ayant là quelque temps murmuré ma prière,
Je sors, non sans jeter un regard par derrière,
Et bientôt dans le parc, où se portent mes pas,
Le crayon à la main, je médite tout bas.

En foulant dans ce parc le sable d'une allée,
Je sens l'émotion cent fois renouvelée
Que causent à mon cœur tes murs silencieux
Où l'on croit voir rêver l'âme de nos aïeux.
Là m'apparaît encor ta masse gigantesque,
Dont s'étale avec art la forme romanesque,
Et mon esprit rêveur, plein d'admiration,
Succombe sous le poids de l'inspiration.
Chef-d'œuvre de grandeur et de magnificence,
Charme de l'étranger, juste orgueil de la France
Et surtout du Berri dont tu fais l'ornement,
Basilique superbe, antique monument
Que des mille coteaux de nos riches campagnes
Et des flancs rocailleux des lointaines montagnes,
Avec ravissement, dans les airs vaporeux,
Nous voyons s'élever vers la voûte des cieux,
En rêvant, méditant sur ta mâle opulence,

Je cherche combien d'ans tu comptes d'existence ;
Mais dans la nuit des temps mon esprit plonge en vain :
Il ne peut remonter à ton premier matin.
Depuis ce jour que couvre un éternel nuage
Aux générations tu redis d'âge en âge :
« Le siècle passe et passe et je survis toujours.
« Nul mortel de mes ans ne peut compter le cours.
« Œuvre de vos aïeux disparus de la vie,
« A leurs petits-neveux j'atteste leur génie.
« Si l'orgueil quelque jour vous place au-dessus d'eux,
« Pour vous désabuser, sur moi fixez vos yeux,
« Et je vous redirai : Ma taille et ma structure,
« Que seul peut égaler l'Auteur de la nature,
« A vous et vos enfants toujours feront la loi.
« Où sont vos monuments plus imposants que moi ?
« Dans maints siècles encor le crayon du génie
« On verra sous ces murs sur moi prendre copie.
« Souvent, les yeux fixés sur mes vastes dessins,
« Observant quelque brèche à mes groupes de saints
« Dont l'ensemble assorti me donnait tant de lustre,
« Et qui rendait ma gloire encore plus illustre,
« En blâmant la fureur des révolutions
« Qui portèrent partout leurs profanations,
« Vous sentez votre cœur gémir sur cet outrage,
« Et de le réparer n'avez point le courage.
« Comment donc devant moi porterez-vous vos pas,
« Quand ce faible travail pèse trop pour vos bras ?
« Si jamais mon pareil vous osez entreprendre,
« Consultez vos aïeux et cherchez dans leur cendre ! »

. . . .

Chef-d'œuvre indestructible et digne des vieux temps,
Que l'on voit jeune encor après plus de mille ans,
Oui, sans doute, toujours, l'équerre et la truelle,
Sans jamais t'égaler, sur toi prendront modèle.
Mais qui donc a creusé tes vastes fondements ?
De quoi sont composés tes solides ciments
Que du siècle en passant n'altère point l'injure ?
Quelle main dessina ta mâle architecture ?
D'un monument si rare et si majestueux,
Quel mortel a conçu le plan aventureux ?
Quels ciseaux ont sculpté tes nombreuses statues,
Que d'un vernis grisâtre ont couvertes les nues ?
Pourquoi ton fondateur, bien digne de renom,
N'a-t-il pas sur ces murs au moins écrit son nom ?
Ah ! je serais heureux aujourd'hui de le lire
Et d'exalter sa gloire en chantant sur la lyre !
Où donc est ce génie à jamais vénéré,
Des artistes nouveaux toujours plus admiré ?
Il n'est plus ; il n'est plus : Dans une étroite bière
Les siècles ont mûri son humide poussière.
Abîme impénétrable où nous descendons tous,
Nos ouvrages sont donc plus immortels que nous !

XXV

PORTRAIT DE L'AUTEUR

—

A force de rimer enfin la verve s'use;
Et pourtant, cher ami que révère ma muse,
Je veux rimer encore, et, s'il se peut, d'un trait
Te peindre d'un ami le fidèle portrait.
Ni trop long ni trop court, il a mince structure.
Le luxe vain jamais n'avilit sa parure.
De barbe rousse et grise une épaisse toison
Lui couvre la poitrine à six doigts du menton.
Simple, calme et rêveur, parfois mélancolique,
A la main un bâton moins faquin que rustique,
Souvent, ainsi troussé, sur des sentiers déserts,
En marchant il médite et crayonne des vers !

TABLE DES MATIÈRES

Sancerre. — Imp. A. Aupetit.